붉은 용과의 대결

게임쌤 메리쿨룸! 5

붉은 용과의 대결

김연주 글·그림

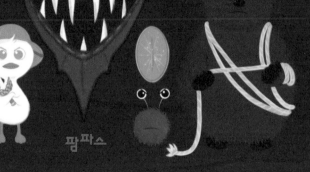

팜파스

이 책의 주인공들

핑덕이

아주 어릴 때부터 딸기우유를 너무너무 좋아했던 핑덕이는 어느 날 갑자기 부리와 두 다리가 딸기우유 색으로 변해 버렸다. 여행과 모험을 좋아하고 죽구와 게임을 즐기는 아주 유쾌한 성격을 가졌지만, 가끔 너무 깊은 생각에 우물쭈물하는 면도 있고, 잘 삐지기도 한다.

안녕~

그쪽으로 찬다~

신난다~ 여름이다!

핑덕이표 딸기우유

겨울은 추워서 싫어

♥ 좋아하는 것 - 딸기우유, 여행, 모험, 죽구, 게임, 여름, 물놀이
♡ 싫어하는 것 - 흰 우유, 큰 소리, 추위, 악몽, 거짓말

보 리

연보라색의 부드러운 털을 가진 동그란 공 모양의 보리는 봄 햇살을 받으며 낮잠 자는 걸 제일 좋아하고, 울보라는 별명을 가졌을 만큼 툭 하면 눈물을 보이고 겁도 엄청 많아서 모든 일에 소심한 성격이며 변덕이 심한 편이다. 화가 나면 몸이 짙은 빨간색으로 변하면서 커지고, 털들이 가시로 변하는 능력이 있으며 아주 좋은 시력을 갖고 있다.

♥ 좋아하는 것 _ 봄, 낮잠, 큰 꽃, 이슬, 사과, 눈 오는 날
♡ 싫어하는 것 _ 천둥, 번개, 어둠, 비 오는 날, 무서운 이야기, 심한 장난

이 책의 주인공들

오늘은 또 무슨 장난을 칠까~?

모몽

자유자재로 늘어나는 긴 꼬리를 가진 원숭이 모몽은 마을에서 유명한 장난꾸러기다. 성격은 매우 급하고, 언제나 웃는 얼굴이며 말이 많고 진지한 구석은 없어 보이지만, 남들과 다른 꼬리 때문에 고향을 떠나왔으며 그로 인한 마음의 상처가 있다.

완전 신난다~

책 읽기 시작한 지 3분 후...

으갸갸갸~ 너무 웃겨~

까꿍~!

♥ 좋아하는 것 _ 장난치는 것, 장난칠 계획을 세우는 것, 장난칠 장소를 찾는 것
♡ 싫어하는 것 _ 얌전하게 있기, 조용히 있기, 책 읽기, 숙제

코코

책 읽는 게
제일 좋아

원래는 식물을 연구하는 토끼였지만, 지금은 큰 몸과 길고 거친 털이 온몸을 감싼 괴물의 모습으로 변했다. 늘 당당하고 자신감 넘치던 성격이었으나, 괴물로 변한 후 소심하고, 걱정이 많은 성격으로 변해 버렸다.

우울~

짜라짜라
짠짠~~

먹기 전   먹은 후

몬스터 캔디

엔젤 아이

먹은 후   먹기 전

♥ 좋아하는 것 – 식물 연구, 책 읽기, 노래하기, 일기 쓰기
♡ 싫어하는 것 – 달리기, 진흙, 장마

7

페리쿨룸 섬 게임 안내서

이 섬은 총 5단계로 나누어진 섬들로 이루어져 있다.

1~2단계 섬은 초급, 중급, 3~4단계 섬은 고급 등급으로 나눠지며 마지막 5단계 섬은 최고 등급이다.

단계마다 미션을 성공시켜 아우라 스톤을 모아야 하며, 모은 아우라 스톤을 가지고 단계별 관문을 지키는 문지기 트롤과의 승부에 유리한 능력이 있는 엠버와 교환한다

☞ 미션에 실패하거나, 문지기 트롤과의 승부에서 졌을 경우 게임은 바로 종료된다.

아우라 스톤

빨강
순간적인 불을
일으킨다.

주황
많은 물을
증발시킨다.

노랑
번개를 내리칠 수
있다.

초록
나무나 꽃을
거대하게 키운다.

파랑
파도를 불러온다.

남색
돌풍을 일으킨다.

보라
안개를 퍼트린다.

흰색
눈보라를 일으킨다.

검정
태풍을 불러온다.

투명
폭우를 내린다.

10개의 색으로 나누어져 있으며 색깔별로 자연적인 힘을 불러와서 딱 한 번 쓸 수 있다. 힘을 쓴 아우라 스톤은 회색으로 변하고 사라진다. 힘을 쓰지 않고 색을 잃지 않은 아우라 스톤만 아이템 가게에서 사용할 수 있다.

엠버

밝은 황색을 띠고 있는 보석이며, 위에는 다양한 문양이
새겨져 있다.

새겨져 있는 문양에 따라 능력이 다르며 엠버는 단계별
섬마다 개수와 능력이 다르게 준비되어 있다.

번쩍번쩍 도형 카드

별 모양
전투 능력

원 모양
방어 능력

삼각형 모양
탈출 능력

게임섬 곳곳에 숨겨져 있는 보너스 카드다. 카드 하나의 능력은 작지만, 5개 이상 가지고 있으면 전투, 방어, 탈출 능력이 커지기 시작하고 사용한 후에도 힘은 사라지지 않기 때문에 많이 모을수록 좋다.

몬스터 소환카드

킹 스노맨   킹 스톤 몬스터

3단계와 4단계 섬의 골든 미션을 성공하면 주어지는 보
너스 카드

현재 핑덕이와 친구들의 레벨과 능력 상태

핑덕 >>>>> 레벨 13

- ✿ 체력, 전투 능력 9
- ✿ 방어, 탈출 능력 10
- ✿ 보유 아이템/아우라 스톤 11
- ✿ 몬스터 소환카드 2
- ✿ 능력 아이템 0
- ✿ 무기 아이템 0

모몽 >>>>> 레벨 14

- ✿ 체력, 전투 능력 10
- ✿ 방어, 탈출 능력 9
- ✿ 보유 아이템/아우라 스톤 12
- ✿ 몬스터 소환카드 2
- ✿ 능력 아이템 0
- ✿ 무기 아이템 0

보리 >>>>> 레벨 13

- ✿ 체력, 전투 능력 8
- ✿ 방어, 탈출 능력 11
- ✿ 보유 아이템/아우라 스톤 12
- ✿ 몬스터 소환카드 2
- ✿ 능력 아이템 0
- ✿ 무기 아이템 0

코코 >>>>> 레벨 16

- ✿ 체력, 전투 능력 11
- ✿ 방어, 탈출 능력 12
- ✿ 보유 아이템/아우라 스톤 12
- ✿ 몬스터 소환카드 2
- ✿ 능력 아이템 0
- ✿ 무기 아이템 0

```
┌─────────────────┐
│       5       ┛ │
└─────────────────┘
```

생각하지 못한 강한 바람에 휩쓸려 도착한 곳. 페리쿨룸 게임섬의 최종 단계이자 붉은 용이 지키고 있다는 5단계까지 오고야 만 핑덕이와 친구들.

핑덕이와 모모, 보리와 코코는 지금껏 보지 못했던 거대하고 화려한 황금문 앞에 서서 말없이 바라보고만 있었다.

"5단계 문으로 들어왔는데 또 다른 문이 있네?"

핑덕이가 번쩍이는 황금문에서 시선을 떼지 못한 채 말한다.

"근데 이 문은 뭘까? 이 문을 열면 게임이 시작되는 건가?"

코코가 고개를 갸웃하며 혼잣말처럼 묻자,

"그 문을 열면 게임이 시작되는 건 맞지만 그 이상의 의미가 있기도 합니다."

등 뒤에서 들려온 대답에 모두가 깜짝 놀라 돌아보았다. 그러자 4단계 섬에서 게임을 안내해 주었던 디코가 웃으며 서 있었다.

"디코 님이다."

"우와~ 정말 디코 님이다~!"

핑덕이와 친구들은 기뻐하며 디코 주위로 몰려간다.

"드디어 5단계까지 오셨군요. 정말 대단합니다."

자신을 반갑게 맞이해 주는 핑덕이와 모몽, 보리, 코코의 얼굴을 보며 칭찬하며,

"여러분, 저 문 중간쯤을 자세히 보시겠어요?"

디코가 망토 속에 가려져 있던 손을 들어 황금문을 가리키자 모두 시선을 옮긴다.

"아름다운 문양으로 테두리 쳐진 곳에는 1단계부터 4단계까지 모든 미션을 성공하고 마지막 5단계 섬까지 왔

던 게이머들의 이름이 새겨져 있습니다. 그리고 지금은 여러분의 이름이 새겨지고 있습니다."

디코의 말에 모두 놀라 앞다투어 황금문 앞으로 모여 올려다보니 진짜 마법처럼 자신들의 이름들이 하나둘 빛을 내며 새겨지는 게 보였다.

"우와아, 멋지다!"

"진짜 우리가 엄청난 영웅이 된 것 같아."

"난 집으로 돌아가자마자 온 동네를 다니면서 자랑할 거야."

"진짜 너무 감동적이다. 엉~엉~엉~."

핑덕이와 모몽, 보리, 코코는 자신들의 이름이 새겨지는 광경을 바라보며 가슴속에서 뜨거운 무엇인가가 솟아오르는 것이 느껴졌고, 감동에 젖어 눈물까지 난다.

그리고 자신들을 포함해 이 최종 단계까지 왔던 게이머들이 겨우 열 명 정도인 것을 확인하고는 얼마나 대단한 일을 해낸 것인지 알게 되었다.

"그리고 여러분에게 5단계 섬으로 들어가기 전 무기

아이템이 주어지게 됩니다."

아직 감동에 빠져 있던 친구들은 무기 아이템이라는 말에 귀가 번쩍 뜨인다.

"무기 아이템이요? 정말이요?

모몽이 잔뜩 신이 난 목소리로 되묻자, 디코가 씽긋 웃으며 손뼉을 두 번 쳤다. 그러자 4단계 진입 전 받은 능력 아이템 표시인 별 모양 옆에 각자 다른 문양이 밝은 빛을 내며 생겨났다. 핑덕이는 노란색의 검, 모몽에게는 빨간색의 화살, 보리에게는 파란색 방패, 코코에게는 하얀색 밧줄 모양이었다.

"핑덕이 씨는 무엇이든 단칼에 자를 수 있는 태양의 칼, 모몽 씨에게는 어떤 목표물이든 맞힐 수 있는 폭풍의 화살, 보리 씨에게는 모든 것을 반사시킬 수 있는 신의 거울 방패, 마지막으로 코코 씨에게는 한번 걸면 절대 풀리지 않는 불멸의 밧줄입니다.

"우와아, 이름도 너무 멋지다~."

핑덕이와 친구들은 자기 몸에 생긴 무기 아이템 표시를

태양의 칼

파워

스피드

지속력

신의 거울 방패

파워

스피드

지속력

폭풍의 화살

파워
스피드
지속력

불멸의 밧줄

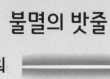

파워
스피드
지속력

계속 쓰다듬으며 신기해하고, 이런 모습을 흐뭇하게 바라보던 디코가 사용법에 대해 짧게 설명한다.

"이 아이템 역시 필요한 순간에 표시를 터치하면 무기들이 나타납니다. 사용 방법은 자동적으로 알게 될 테니 걱정하지 않으셔도 됩니다."

"와~ 얘들아! 우리 모두 능력 아이템에, 무기 아이템까지 있어."

"거기다 킹 스노맨 군대와 킹 스톤 몬스터들의 소환카드도 있지~."

"이 정도면 용도 우리가 무섭겠는걸?"

너도나도 한마디씩 하며 웃고 떠들자, 잠시 이런 모습을 조용히 지켜보던 디코가 진지한 목소리로 들떠 있는 핑덕이와 친구들에게 말한다.

"여러분, 이제 진짜 마지막 게임입니다. 저 문을 열면 바로 게임이 시작되고, 이 섬을 지키는 붉은 용이 머리에 쓰고 있는 왕관을 빼앗아 두 손에 쥐게 되면 게임은 여러분의 승리로 끝이 나게 됩니다. 우승 혜택으로는 아직 누구도 이름을 올리지 못한 전설의 게이머 명예전당에 올라갑니다. 그리고 많은 황금과 원하는 것을 무엇이든 이루어 주는 소원권을 받게 됩니다."

"우와아~~!"

핑덕이와 친구들 모두 놀란 입을 다물지 못한다.

"그리고 여러분, 5단계 섬에서는 게임을 중간에 포기하고 집으로 돌아갈 수 있는 탈출문이 있습니다."

"탈출문이요? 그게 뭐예요?"

생각하지 못했던 디코의 말에 모두가 의아한 듯 물었다.

"일종에 5단계 섬까지 온 게이머분들에게 주는 찬스 같은 것이랄까요? 게임 도중 도저히 이길 수 없을 것 같거나 목숨이 위험할 때 그대로 게임을 포기하고 탈출문을 열고 나갈 수 있습니다. 우승 혜택은 얻지 못하지만, 대신 살아서 이 게임섬을 빠져나갈 수 있습니다."

"그 말씀은…."

"맞습니다. 최종 단계에서는 이전과는 다르게 목숨을 잃게 되면 게임에서 누군가가 승리한다 해도 재생되지 않고 그대로 소멸됩니다."

디코의 말에 모두가 충격에 빠져 아무도 입을 열지 못했다.

게임을 중간에 포기하고 집으로 돌아갈 수 있다? 여기까지 와서 포기한다는 생각은 해보지 않았다. 하지만 반대로 이야기하면 얼마나 힘들고 위험하면 저런 찬스까지 있는 것일까?

그 외에도 디코는 용의 성 지도와 수면 가루 등의 사용법을 알려주었다. 그리고 드디어 자신의 임무가 모두 끝났다는 표정으로 핑덕이와 친구들을 바라보며 마지막으로 말했다.

"자, 여러분! 이제 게임을 시작해야 할 순간입니다. 부디 승자가 되시길 바라겠습니다."

디코의 응원에 모두가 고개를 숙여 인사했다.

"정말 감사합니다, 디코 님."

디코는 그렇게 손을 흔들며 사라졌다. 디코가 사라지자 닫혀 있던 거대한 황금문이 스르르륵 하고 열리며 핑덕이와 친구들이 들어오길 기다린다.

나란히 선 핑덕이와 모몽, 그리고 코코와 그의 어깨에 타고 있는 보리까지 모두 크게 숨을 한번 내쉬고는 서로의 얼굴을 처다보며 천천히 열린 문 안으로 들어간다.

문 안으로 걸어 들어가자 처음에는 아무것도 보이지 않았다. 하지만 좀 더 앞으로 걸어가니 연기와 수증기가 섞인 듯한 뿌연 기체들이 가득했고, 곧 지독한 유황 냄새와 온몸이 따가울 만큼 뜨거운 열기가 느껴졌다.

"애들아, 앞을 봐! 온통 용암이야."

"용암이다~. 저기 저쪽의 화산에서 용암이 계속 흘러내리고 있어."

"앗, 뜨거워~! 애들아, 조심해. 불꽃이 이쪽까지 튄다."

핑덕이와 친구들의 눈앞에 나타난 5단계 섬의 모습은 주위가 온통 시뻘건 용암이 물처럼 흘러내리고 있었다. 곳곳에서 솟아오르는 불길과 온몸을 녹일 것 같은 열기와 눈물이 줄줄 날 만큼 퀴퀴한 연기, 그리고 지독한 유황

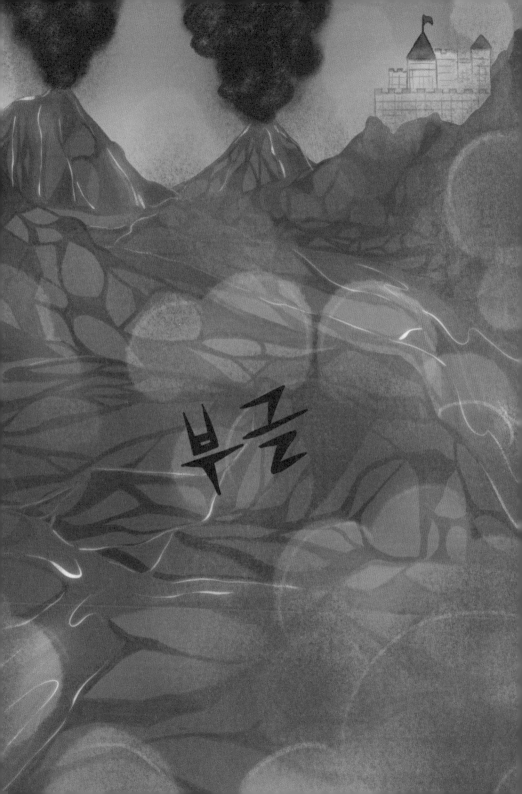

냄새로 숨을 쉬기도 힘들고 눈을 뜨는 것도 어려웠다.

"콜록~콜록~."

모두가 코와 입을 손으로 가린 채 힘들어할 때 보리가 소리친다.

"저기 위에, 저쪽에 다리 같은 게 있어."

보리의 말에 고개를 들어 보니 정말로 반대편까지 길게 이어진 다리가 눈에 들어왔다.

"일단 저 위로 올라가자. 아래에서는 열기와 연기 때문에 아무것도 못할 것 같아."

핑덕이의 말에 모두가 숨을 참고 다리가 있는 방향으로 뛰었다.

"푸하아~. 여기가 그래도 아래쪽보다는 숨 쉴 만하다."

모몽이 거친 숨을 몰아쉬며 말하자 모두 털썩 주저앉아 참았던 숨을 쉰다.

"얘들아, 이리 와 봐. 다리가 저기 성까지 이어져 있어. 아마 저곳이 용이 있는 곳 같아."

보리가 큰 바위 위로 뛰어올라 친구들을 부른다.

핑덕이와 모몽, 코코는 자기들 눈앞에 보이는 낡은 나무다리를 보며 불안해진다.

"엄청 낡았어. 나무판도 여기저기 구멍이 나 있고, 줄도 많이 풀려 있어…."

코코가 좀 더 가까이 다가가 다리 상태를 살펴보며 말한다.

"진짜야. 다리를 다 건너기도 전에 중간에서 끊어질 것 같아."

핑덕이는 다리 밑으로 큰 강처럼 흐르고 있는 시뻘건 용암을 쳐다보며 마른침을 꿀떡 삼킨다. 하지만 여기서 멈춰 있을 수는 없었다. 핑덕이와 친구들은 일렬로 서서 조심스럽게 다리를 건너 눈앞에 보이는 용의 성으로 다가가기 시작했다. 두세 번 위험할 뻔했지만 무사히 용의 성 문 앞까지 도착했다.

핑덕이와 친구들은 성문 옆 큰 바위 뒤에 앉아 용의 성 내부가 그려진 지도를 펼쳐본다.

"애들아, 어떻게 하는 게 좋겠어? 용과 싸워 이 게임의 우승자가 되는 것과 용을 피해 정원에 있다는 엔젤 아이를 찾아 탈출문을 열고 집으로 돌아가는 것 중에서 말이야.”

“무섭긴 하지만, 여기까지 왔는데 용을 만나보지도 못하는 건 조금 아쉬운 것 같아…. 물론 많이 위험하겠지만…. 그래도 나는 게임을 해보고 싶어!”

고민하는 친구들 사이에서 모몽이가 말했다.

“나는 피할 수 있으면 피하고 싶어. 처음부터 게임보다는 코코를 위한 엔젤 아이를 찾는 게 목적이었으니까.”

보리는 큰 위험을 감수하면서까지 이 게임을 하고 싶지 않았다. 얼른 엔젤 아이만 찾아서 탈출문으로 나가 집으로 돌아가고 싶은 마음이 더 컸다. 그래서 모몽이와는 다른 마음을 얘기했다.

모몽이와 보리의 생각을 듣고 있던 펑덕이와 코코는 서로를 마주 본다.

코코가 먼저 “나는 여기까지 온 것만 해도 기쁘고 충분히 놀라웠으니까, 모두 안전하게 돌아가는 게 더 좋을 것 같다고 생각해."라며 솔직하게 이야기했다.

사실 코코는 이제 엔젤 아이를 얻어 원래의 자기 모습으로 돌아가는 것보다 친구들 모두가 안전하기를 바라는 마음이 더 컸다. 물론 게임에서 승리하고 엔젤 아이도 구할 수 있으면 좋겠지만, 이 두 가지 모두 성공하기는 너무나 희박한 확률이라는 것을 잘 알고 있었다. 때문에 위험만은 피하고 싶었다.

"나도 이 단계가 제일 힘들고 어려울 것 같아. 물론 엄청 위험하고…. 하지만 나도 모몽이와 같은 마음이야. 여기까지 왔는데 용이 어떻게 생겼는지도 못 보고 가면 너무 억울할 것 같아~."

핑덕이가 장난스러운 미소를 보이며 말하자 모몽, 코코, 보리도 서로를 보며 웃는다.

결국 두 팀으로 갈라져 성으로 들어가기로 했다.

보리와 코코는 이 성의 외곽 끝에 있다는 정원을 찾아 걸음을 옮겼다. 그리고 핑덕이와 모몽이는 용을 잠들게 한다는 수면 가루를 품에 꼭 안고 용이 있다는 성의

중앙으로 향한다.

하지만 용을 보고 난 후 도저히 싸움이 되지 않겠다는 생각이 들면 바로 정원으로 달려와 엔젤 아이를 찾은 코코, 보리와 함께 탈출문으로 나가기로 서로 약속했다.

"코코야, 여기는 온통 뜨거운 것 같아~."

코코의 어깨에 타고 용의 성 외벽으로 나 있는 길을 따라 가던 보리가 땀을 뻘뻘 흘리며 힘들어한다.

"응, 진짜 벽도 그렇고 땅바닥도 뜨끈뜨끈 해서 발바닥이 화끈거릴 정도야."

코코가 한쪽 발을 들어 열을 식히면서 중얼거린다.

"그래도 위험은 아직 없는 것 같지?"

별다른 장치나 성벽을 지키는 군사들도 보이지 않았다. 하지만 아까부터 경계를 늦추지 않는 코코에게 안심하라는 듯 보리가 말하자,

"응~! 진짜 이곳은 용밖에 없는 것 같아. 그렇다는 건 진짜 엄청나게 강한 존재라는 것일 텐데, 모몽이랑 핑덕

이가 괜찮을까…?"

코코가 용을 찾으러 간 핑덕이와 모몽이를 걱정하자 보리가 씩 웃으며 말한다.

"너무 걱정하지 마, 코코야~. 핑덕이랑 모몽이가 궁금한 걸 못 참는 성격이지만, 그만큼 겁도 많으니까 아마 용을 보자마자 곧바로 우리를 찾아올 게 분명해~."

"그렇지, 설마 용을 보고 싸우자고 덤비지는 않겠지?"

"그럼, 당연하지. 어쩌면 우리보다 더 빨리 정원에 도착해 있을 수도 있어~."

"푸하하하~."

"히히히~."

코코와 보리는 즐겁게 웃으며 정원을 찾아 좀 더 빠르게 걷기 시작했다.

"너무 조용하다."

모몽이가 몸을 잔뜩 움츠리며 작게 속삭이자, 나란히 걷던 핑덕이도 고개를 끄덕인다.

"얼마나 더 가야 할까? 꽤 많이 들어온 것 같은데."

"조그만 더 가보자. 그런데 성안은 좀 추운 것 같지 않아?"

"너도 추워? 나도 성안으로 들어올 때부터 추웠어. 밖은 온통 들끓는 열기로 가득한데, 이곳은 냉장고 안처럼 춥다는 게 신기하다."

핑덕이와 모몽이 추위에 떨며 서로 바짝 붙어 성안 깊숙한 곳까지 들어갔다. 그러자 어느 순간 횃불로 밝아진 긴 복도가 나타났다.

핑덕이와 모몽은 직감했다. 이 길이 용이 있는 곳과 연결되어 있다는 것을.

둘은 서로 손을 꼭 잡고 조심스럽게 복도를 따라 걸었다. 안으로 들어가면 갈수록 유황 냄새가 나기 시작했고, 점점 그 냄새가 지독해진다.

그래도 걸음을 멈추지 않고 계속 앞으로 걸어갔고, 어느덧 커다란 홀에 들어서게 되었다.

"우와아~ 엄청 크다! 위를 봐, 하늘이 보여~."

모몽이 뻥 뚫려 밖이 보이는 천장을 가리키며 말하자,

"응, 진짜 넓고 큰 홀이다. 어쩌면 이곳에….."

핑덕이가 주위를 살펴보며 조용히 속삭인다.

핑덕이와 모몽이 들어선 이곳은 수백 명의 사람이 모여 파티를 열어도 될 것 같이 아주 크고 넓었다. 바닥은 매끈한 대리석으로 깔려 있고, 곳곳에 커다란 조각상들이 마치 이곳을 지키는 듯 서 있었다. 그리고 둥글게 깎여 올려진 천장 끝은 별 같은 모양으로 열려 있어 하늘이 보였다. 하지만 빛이 들어오는 느낌보다 어두운 하늘빛에 불길한 예감이 강하게 들었다.

모몽이와 핑덕이는 서로 떨어져 조심스럽게 홀 안을 돌아다닌다. 그렇지만 어디에도 용은 보이지 않았고, 어떤 흔적도 찾을 수 없었다.

"이상하다. 여기에 용이 있을 것 같았는데?"

"그러게. 우리 아까 본 지도에도 용이 잠들어 있는 곳이 이쯤이었지?"

"용이 우리가 오는 게 무서워 도망간 거 아니야?"

"그런 건가? 푸하하하~."

핑덕이와 모몽은 한참을 찾아도 용이 보이지 않자 서로 농담을 하며 웃는다.

그런데 용은 진짜 어디에 있는 것일까?

한편 같은 시간 정원에 들어선 코코와 보리는 놀란 토끼 눈이 되어 눈앞에 펼쳐진 광경을 바라보고 있었다. 푸른 잔디와 여기저기 피어 있는 많은 꽃, 그리고 나무들은 탐스러운 열매를 맺고 있었다.

"우와~ 진짜 신기하다. 이렇게 땅이 뜨거운데 어떻게 이 많은 식물이 자라고 있는 거지?"

"그러게. 땅속은 많이 뜨겁지 않나?"

식물학자였던 코코는 신기해하며 흙과 식물들을 관찰하고 싶었다. 하지만 벌써 저 앞으로 나선 보리를 따라 멈추지 않고 걸어간다.

정원은 생각보다 넓었고 나무들도 많았다.

"코코야, 천사의 나무는 어떻게 생겼어?"

나뭇가지 위로 튀어 오른 보리가 사방을 둘러보며 코코에게 물었다.

"책에서 본 그림과 설명으로는 솜털 같은 모양에 연한 하늘색을 띤 나뭇잎과 새하얀 나무줄기가 꽈배기 모양으로 되어 있대. 평범한 나무의 모습은 아니라서 보자마자 천사의 나무인지 알 수 있을 것 같아."

그렇게 한참을 천사의 나무를 찾던 코코와 보리가 서서히 지쳐갈 때쯤 어디선가 달콤한 냄새가 났다.

"보리야, 너도 이 냄새 나니? 어디선가 사탕 같은 냄새가 나고 있어."

"응, 나도야~. 저기 저쪽에서 더 강하게 나는 것 같아."

보리가 코코의 어깨에서 뛰어내리며 냄새를 따라 앞으로 빠르게 튀어가자, 코코도 달려간다.

그리고 냄새를 따라온 곳에 거짓말처럼 희미한 빛을 내며 서 있는 키 작은 아름다운 천사의 나무가 있었다.

진짜 책에서 설명한 모습과 똑같았다.

"우와아~~ 코코야!"

보리가 기쁨에 가득 찬 큰 목소리로 코코를 부르자, 달려온 코코도 천사의 나무를 발견했다. 그리고 그 자리에 얼어붙은 듯 움직이지 못하고 천사의 나무를 바라보고만 있었다.

'드디어 찾았다. 이제 원래의 토끼 모습으로 돌아갈 수 있어….'

코코는 너무 감격스럽고 그동안의 일들이 떠오르며 자기도 모르게 눈물이 흘러내린다.

"코코야, 울지 마~. 기쁜 일인데 왜 우냐?" 하며 울고 있는 코코를 향해 말했지만 보리도 아까부터 눈물을 쏟고 있었다.

코코와 보리는 한참을 울다 마음을 진정시키고 천사의 나무 가까이 다가선다.

"우와, 진짜 너무 예쁘다. 빛도 나고 좋은 냄새까지~."

"응, 진짜야~. 핑덕이랑 모몽이에게도 보여주고 싶다."

코코는 보리를 바라보며 미소 짓고는 나뭇잎 사이사이에 달려 있는 엔젤 아이를 따려고 손을 내밀었다.

그런데 그 순간, "앗! 코코야, 위험해~!"

코코가 손을 뻗어 엔젤 아이를 따려는 순간, 나무 밑 그림자가 위로 쑥 올라와 코코를 공격했다.

"으악~!"

코코가 간발의 차이로 공격을 피하며 뒤로 엉덩방아를 찧으며 넘어진다.

"코코야~ 괜찮아?"

놀란 보리가 코코에게 큰 소리로 물었다.

"응, 난 괜찮아. 그런데… 저건 뭐지?"

갑자기 나타난 정체를 알 수 없는 그림자는 마치 천사의 나무를 지키는 듯 나무 주위를 에워싸고 있었다.

그리고 다시 가까이 다가서려 하자 순식간에 액체 같은 물체로 변신해 코코를 공격했다. 공격을 피한 자리가 움푹 패일만큼 엄청난 위력이었다.

"천사의 나무를 지키는 것일까?" 보리가 묻자,

"그럴 수도 있고, 이 정원 전체를 지키는 것일 수도 있겠지만…. 이제 어쩌지?"

생각하지 못한 장애물에 코코와 보리는 뒤로 물러서 잠시 생각해 본다.

"내가 유인할 테니까, 모습을 드러내면 아우라 스톤으로 없애자."

보리가 땅속으로 모습을 감춘 그림자를 생각하며 코코에게 말했다.

"응, 그러는 게 좋을 것 같아."

코코도 보리의 의견에 동의하며 남아 있는 아우라 스
톤 중 쓸 만한 능력이 있는 색을 고른다.

"자, 지금 바로 시작한다."

보리는 코코를 향해 외치고는 망설임 없이 천사의 나무
쪽으로 튀어 올랐다. 그러자 바로 땅속으로 모습을 감추
고 있던 검은 그림자가 보리를 향해 솟아올랐다. 그리고
이 틈을 놓치지 않은 코코가 남색 아우라 스톤을 던지자
곧바로 돌풍이 일었다.

"됐다, 성공이야~!"

검은 그림자가 남색 아우라 스톤이 일으킨 돌풍에 갇
힌 것을 본 코코와 보리가 기뻐한다. 하지만 검은 그림자
는 몸을 먼지처럼 분산시켜 흩어졌다가, 돌풍이 멀리 날
아가자 아무 일도 없었다는 듯 원래의 모습으로 자리를
지켰다.

"몸이 먼지처럼 변했어…."

쉽게 이길 수 있을 것이라 생각했는데, 생각보다 어려
운 검은 그림자 정체에 놀란 보리와 코코.

"분명 액체 같았는데 먼지처럼 몸이 막 바뀐다."

"그러게. 신기하네?"

갑자기 코코와 보리의 등 뒤에서 핑덕이와 모몽이의 목소리가 들려온다.

"어? 얘들아~ 여긴 어떻게 왔어?"

"용은? 용은 본 거야? 설마 보자마자 도망쳐 온 건 아니겠지?"

예상보다 훨씬 빨리 정원으로 온 핑덕이와 모몽이를 본 코코와 보리가 활짝 웃으며 친구들을 반긴다.

"도망은 무슨~. 용을 봐야 도망을 치든 싸우든 할 텐데, 코빼기도 안 보여서 찾다가 지쳐서 그냥 이곳으로 왔어."

모몽이가 어깨를 한번 으쓱이며 심드렁하게 대답하자,

"뭐? 진짜 용이 없었던 거야?"

보리가 조금 의심스러운 눈으로 바라보며 모몽이에게 다시 묻는다. 그러자 옆에 서 있던 핑덕이도 작게 한숨을 내쉬며,

"응~ 진짜야. 지금까지 성안을 모두 뒤지고 다녔는데

용은커녕 개미 한 마리도 못 찾았어. 그래서 포기하고 그냥 너희들한테 온 거야."

"용은 우리가 온 것도 모르고 친구네 집에 놀러 갔나?"

보리의 말에 모두 웃음이 터져 다 같이 한참을 웃었다. 그러고는 다시 천사의 나무 열매를 얻기 위해 작전을 세운다.

"일단 여럿이서 동시에 유인을 하자. 그림자가 나타나면 공격이 먹힐 때까지 아우라 스톤을 던져 보는 거야. 내 생각에는 이게 제일 좋을 것 같아."

깃털 속에 있던 아우라 스톤을 꺼내며 핑덕이가 말했다. 모두 일렬로 서서 천사의 나무를 바라보며,

"자, 준비~ 뛰어!"

핑덕이의 신호에 따라 모몽과 보리, 코코가 동시에 다른 방향에서 천사의 나무를 향해 달려갔다. 그러자 땅속에서 넓게 몸을 편 그림자가 위로 쑤욱 올라왔다. 그 모습을 본 핑덕이는 재빨리 파란색 아우라 스톤을 그림자에게 던졌다. 그러자 순식간에 큰 파도가 밀려와 검은 그

림자를 덮친다. 그림자는 몸을 다시 먼지처럼 분산시켜 봤지만 물살에 먼지처럼 변한 몸도 맥없이 휩쓸려 사라지고 만다.

"우와아~ 성공이다."

"코코야, 어서 엔젤 아이를 따!"

친구들이 합창하듯 소리치자 코코는 아주 조심스럽게 손을 뻗어 엔젤 아이를 하나 딴다.

"톡!" 하는 소리와 함께 하늘색 작은 물방울이 모여 있는 것 같은 엔젤 아이가 코코의 손으로 들어오자마자 천사의 나무는 스르륵 사라져 버렸다.

드디어 엔젤 아이를 얻은 코코와 친구들.

모두가 기뻐하며 코코를 축하한다.

"이제 토끼의 모습으로 돌아오는 거야?"

"어서 빨리 먹어 봐."

"난 이 모습이 이제 익숙해져서 오히려 원래 모습으로 돌아오면 어색할 것 같아~."

핑덕이와 모몽, 보리는 코코를 바라보며 한마디씩 하

기 바쁘다. 이런 친구들의 모습이 너무나 고맙고 미안한 코코는 또 눈물이 났지만, 애써 울음을 참으며 말한다.

"책에서는 잠들기 전 열매를 먹고 아침에 일어나면 원래 모습으로 돌아온다고 쓰여 있었어."

"그래? 바로 변하는 게 아니구나~."

"그럼, 이제 집으로 갈까?"

"그래! 우리의 처음 목적인 엔젤 아이도 얻었고, 용은 보이지도 않으니까."

"우리가 봐준다~. 히히히!"

핑덕이와 모몽은 아쉬운 마음이 들었다. 하지만 엔젤 아이를 얻고 기뻐하는 코코를 보자 얼른 집으로 돌아가서 원래 모습을 찾은 친구가 보고 싶었다. 그래서 다 같이 탈출문이 있는 방향을 확인하려 지도를 편다.

그렇게 모두가 기쁨에 들떠 둥그렇게 모여 지도를 살펴보는 동안, 성의 가장 높은 곳에 앉아 이 모습을 바라보는 존재가 있었다.

거대한 크기에 붉은색 갑옷을 입은 것 같은 강철 비늘이 온몸을 뒤덮고 있었다. 이글거리는 황금색 커다란 눈동자와 숨을 내쉴 때마다 작은 불꽃이 콧구멍에서 뿜어 나오는 페리쿨룸 5단계 섬의 주인인 붉은 용이었다. 붉은 용은 핑덕이와 친구들이 이곳에 들어설 때부터 지금까지 이 자리에 앉아 모든 것을 지켜보고 있었던 것이다.

하지만 이런 사실을 알 리 없는 핑덕이와 친구들은 서로 장난을 치며 탈출문이 있는 곳으로 향했다. 그 모습을 본 붉은 용도 조용히 날개를 펴 하늘 높이 날아올랐다.

"얘들아, 탈출문이 보인다~!"

맨 앞에 가던 모몽이가 뒤를 돌아 친구들에게 소리친다.

"진짜?"

"어서 빨리 가자~."

서로 경쟁하듯 달려가 이 게임섬을 벗어날 수 있는 탈출문 앞에 선 핑덕이와 친구들.

"조금 아쉽긴 하지만, 집으로 돌아가면 지금까지 일들

을 온 동네를 돌면서 자랑하러 다녀야지."

　모몽이가 즐거운 듯 혼자 큭큭 웃으며 말하자,

　"나도야! 용을 보고 싶은 마음이 있었지만, 막상 집으로 갈 수 있는 문 앞에 서니까 용이고 뭐고 얼른 집으로 돌아가고 싶어."

핑덕이도 모몽이와 같은 마음을 드러낸다.

"나는 아무도 다치지 않고 무사히 집으로 돌아갈 수 있어서 너무 다행이라고 생각해. 거기다 엔젤 아이까지 얻었으니, 우린 이미 승리자야."

코코가 먼저 문 쪽으로 다가가며 말하자, 보리는

"나는 아쉬움 같은 건 조금도 없어~. 집으로 돌아가면 3일 내내 잠만 잘 거야!"라고 말하고는 크게 웃으며 핑덕이의 어깨 위로 튀어 오른다.

"그럼, 문을 열게~."

코코가 친구들을 한 번 더 바라보며 묻자,

"응~!"

핑덕이와 모몽, 보리가 입을 모아 크게 대답했다.

코코가 문 손잡이를 잡고 천천히 돌리자 문이 스르륵하고 열린다.

그런데 그때, 갑자기 하늘에서 거대한 무엇인가가 핑덕이와 친구들이 있는 방향으로 날아왔다. 이것을 먼저 발견한 코코가 소리쳤다.

"얘들아, 피해~!"

다급한 코코의 목소리에 모두가 무슨 일인지도 확인하지 못한 채 사방으로 몸을 날린다.

'화아아아악~~ 쿵! 화르르륵~!'

갑자기 하늘에서 떨어진 건 집채만 한 크기의 불덩이였다.

그 불덩이는 정확하게 탈출문을 향해 날아들었다. 그리고 공격당한 탈출문은 순식간에 불이 붙어 잿더미로 변해 버린다.

너무나 갑자기 벌어진 일에 핑덕이는 아직 정신을 차릴 수 없었다. 다른 친구들도 겨우 몸을 일으켰다.

"다들 괜찮니?"

"응, 괜찮은데 탈출문이 타 버렸어."

코코가 모몽이를 일으키며 이미 흔적 없이 불타 없어진 문을 바라보며 말했다.

"갑자기 이게 무슨 일이야…?"

핑덕이와 친구들이 아직 사태 파악이 덜된 듯 불타 사라진 탈출문을 바라보고 서 있었다. 그때 하늘에서 처음 듣는 목소리가 들려온다.

"여기까지 와 놓고 그냥 돌아가려 하다니, 정말 겁쟁이들이로군."

갑자기 들려온 거친 목소리에 모두 하늘을 올려다보았다. 그러자 그곳에 핑덕이와 모몽이가 그렇게 찾던 붉은 용이 기분 나쁜 미소를 보이며 친구들을 내려다보고 있었다.

"요… 용이다…. 진짜 용…."

모몽이가 놀라 벌어진 입을 다물지 못한다.

"저기… 붉은 용님… 저희 모두 용님과 게임하지 않고 집으로 돌아가기를 선택했어요. 그냥 보내주시면 안 될까요?"

핑덕이가 큰 용기를 내어 날고 있는 용을 향해 큰 소리로 말했다.

하지만 용은 비웃는 듯한 표정으로 "그건 너희들이 선택할 수 있는 게 아니다. 보내줄지 말지는 내가 정하는 것이고, 그 선택은 지금 보여준 그대로다."

핑덕이와 친구들은 불타 사라진 탈출문이 있던 방향을 한번 쳐다보고는 서로의 얼굴을 바라본다.

모두의 예상보다 붉은 용은 훨씬 더 컸으며, 공포스러웠다.

아무도 움직이지 못한 채 서 있자 붉은 용은 아무래도 상관없다는 듯 크게 소리친다.

"자, 이제 게임 시작이다. 겁쟁이 꼬마들아~~!"

'화아아아~.'

말이 끝나기 무섭게 용은 입에서 엄청난 불을 핑덕이와 친구들에게 뿜었다.

"으아악~ 위험해!"

또다시 사방으로 몸을 굴려 불을 피한 핑덕이와 친구들. 하지만 용은 조금의 아량도 베풀 마음이 없다는 듯 계속해서 불을 뿜어 친구들을 위협했다.

모두가 놀라 큰 나무 뒤나 바위 뒤로 몸을 피했다. 하지만 용의 불길이 닿는 곳 모든 것이 불타 사라져 버린다.

핑덕이는 어떻게 해야 할지 생각해 보려 했지만, 쉴틈 없는 용의 공격에 정신을 차릴 수 없었다.

그러다 정원 입구와 맞물려 있는 성벽 틈이 보이자, 재빨리 그 틈 쪽으로 달리며 친구들에게 외친다.

"애들아! 여기야, 여기! 이쪽에 틈이 있어. 이곳으로 몸을 피해~!"

핑덕이의 외침을 들은 보리와 모몽, 코코가 죽을힘을 다해 핑덕이가 발견한 작은 틈으로 용의 불을 피해 들어오는 데 성공했다. 하지만 핑덕이와 친구들은 너무나 강력한 용의 존재감에 놀라 주저앉아 있을 뿐, 누구 하나 입을 열지 못했다.

"이제… 어쩌지?"

긴 침묵을 깨고 모몽이가 용의 불길에 까맣게 그을린 꼬리를 만지작거리며 말하자,

"어쩌긴 용과 싸워서 이겨야지."

핑덕이가 대답하며 친구들을 바라본다.

"그건 그렇지만…. 하늘을 날고 불을 뿜는 거대한 용을 어떻게 이기냐가 문제지…."

보리가 힘없는 목소리로 중얼거린다.

"기운 내자, 얘들아! 지금까지도 어렵고 힘든 일이 많았지만 모두 힘을 합쳐서 여기까지 왔잖아? 분명 방법이 있을 거야."

핑덕이가 평소보다 더욱더 힘찬 목소리로 친구들에게 말했다.

"맞아…. 언제까지 이곳에 숨어 있을 수도 없고, 탈출문도 불타 없어졌으니까…."

코코가 체념한 듯 길게 한숨을 쉰다.

"모든 공격을 한 번에 쏟아붓는 것이 제일 좋은 방법이겠지?"

코코가 손등에 새겨진 능력 아이템과 무기 아이템 표시를 확인하며 말하자,

"웅! 내 생각도 그래. 우리가 가지고 있는 아이템 능력

과 함께 킹 스노맨의 군대와 킹 스톤 몬스터의 군대까지
모두 같이 공격하다 보면 분명 기회가 생길 거야. 그리고
그 기회를 놓치지 않고 수면 가루를 뿌려 용을 잠들게만
한다면 왕관을 손에 넣고 이 게임의 승자가 되는 거지."

"뭐, 간단하네~."

이제 선택의 여지가 사라진 모몽이가 몸을 일으키며
웃으며 말한다.

모몽이의 웃는 얼굴에 모두가 용과 싸워 보기로 마음
을 먹었다. 그리고 얼굴에 미소를 띠며 가까이 모여 손을
모았다.

"얘들아, 진짜 마지막이야. 이미 엔젤 아이도 얻었고,
용을 이기면 우린 이 게임의 최초 승리자가 되는 거야."

펑덕이의 말에 모두의 눈동자에 빛이 나기 시작한다.

"응, 우리 꼭 승리자가 되어 집으로 돌아가자."

"좋아~. 파이팅!"

펑덕이와 친구들은 틈 속에서 빠져나와 용을 마주 보
며 섰다.

"이런, 쥐새끼처럼 어디로 숨었나 했더니 그런 곳에 있었군?"

핑덕이와 친구들을 발견한 용은 비웃음 가득한 표정으로 말하며 위협했다. 하지만 이미 정면승부를 벌이기로 마음먹은 친구들에게 큰 효과는 없었다.

"킹 스노맨 소환~!"

핑덕이가 먼저 3단계 섬에서 얻은 킹 스노맨 카드를 들고 외쳤다. 그러자 옆에 서 있던 모몽이도 똑같이 4단계 섬에서 얻은 킹 스톤 몬스터를 소환한다.

"킹 스톤 몬스터 소환~!"

곧이어 하늘이 어두워지고 눈발이 날리기 시작했다. 그러더니 금방 눈보라와 함께 킹 스노맨과 자이언트 스노맨들 그리고 우글우글거리며 크라잉 스노볼들이 나타났다. 그리고 거센 모래 폭풍과 함께 온몸이 바위로 만들어진 킹 스톤 몬스터와 숫자를 헤아릴 수 없을 정도로 많은 해골 병사가 쏟아져 들어왔다.

소환카드의 주인공들이 모두 나타난 것을 확인한 핑덕

이와 친구들이 무기 아이템 표시를 터치했다. 그러자 핑덕이의 손에는 검이, 모몽이의 등에는 활과 화살이 메어졌다. 그리고 보리 앞에는 둥근 거울이 나타났고, 코코의 두 손에는 굵은 밧줄이 들려 있었다.

"우와~ 우리 진짜 멋진 것 같아!"

보리가 큰 눈을 반짝이며 말하자 모두 고개를 끄덕이며 웃는다.

하지만 이 모습 또한 하찮다는 듯 용은 코웃음 치며 말했다.

"푸하하하~ 설마 저런 조무래기들과 그런 장난감 같은 것들로 나를, 이 위대한 붉은 용을 상대할 수 있다고 믿는 건 아니겠지?"

용이 자신들을 향해 비웃는 중에도 핑덕이와 친구들은 서로 눈을 마주치고 미리 짜두었던 작전을 생각하며 소곤소곤거린다.

"코코야, 모몽아! 알지? 너희들이 성공해야 이 싸움에서 승산이 있어."

"응, 반드시 성공시킬 테니 걱정하지 마!"

코코가 자신 있다는 듯 말했다. 그러자 모몽이 질세라, "나만 믿어. 내가 한방에 해결할 테니까!" 하고 크게 말했다.

"자, 이제 진짜 게임 시작이다."

핑덕이가 붉은 용을 똑바로 쳐다보며 말했다. 그러자 용이 먼저 날아오르며 크게 입을 벌려 불을 뿜어대기 시작한다.

"다들 피해~!"

엄청난 불길이 핑덕이와 친구들 그리고 그 뒤에 있던 킹 스노맨 군대와 킹 스톤 몬스터 무리에게 덮치자, 모두 사방으로 흩어지며 몸을 피했다. 하지만 미처 피하지 못한 해골 병사들이 순식간에 새까맣게 탄 숯이 되어 사라졌다.

이를 본 킹 스톤 몬스터가 크게 손뼉을 치자, 땅이 갈라지며 땅속 깊이 있던 큰 바위들이 솟구쳐 올라 용을 향해 날아들었다. 하지만 용은 좀 더 높이 날아오르며 손쉽게 바위들을 피했다.

하지만 킹 스톤 몬스터가 멈추지 않고 계속 바위들을 날리며 공격했다. 그러자 짜증이 난 붉은 용이 방향을 틀어 킹 스톤 몬스터를 밟아 부숴 버리려는 듯 한 발을 높이 쳐들며 땅 쪽으로 내려왔다. 그 모습을 본 핑덕이가 크게 소리쳤다.

"코코야, 모몽아! 지금이야~."

핑덕이의 외침에 코코의 불멸의 밧줄을 묶은 모몽이의 폭풍 화살이 용을 향해 쏘아졌다.

'피융~~~ 휘리릭!'

날아오는 화살을 눈치챈 용이 하늘로 올라갔다. 하지만 절대 목표물을 놓치지 않는 폭풍의 화살이 용의 목을 스치듯 상처를 내며 불멸의 밧줄을 용의 목에 올렸다. 그러자 마법처럼 밧줄이 올가미가 되어 용의 목을 한 바퀴 돌려 묶었다.

"됐다. 성공이야!"

보리가 기뻐하며 소리치자,

"자, 지금부터야!"

불멸의 밧줄을 꼭 쥐고 있는 코코가 손등의 능력 아이템 별 모양을 터치하고 힘껏 줄을 당겨 성벽 가장 크고 두꺼운 기둥 쪽으로 끌고 가기 시작한다.

갑자기 자신의 목에 밧줄이 감긴 붉은 용은 크게 당황하며 또다시 불을 뿜어내며 하늘 위로 날아오르려 했다. 하지만 이때를 놓치지 않으려고 코코는 좀 더 용을 아래쪽으로 끌어내리며 성벽 기둥에 밧줄을 묶는 데 성공했다.

"와~ 코코야, 진짜 대단하다!"

"정말 멋지다."

"이제 승산이 있어."

모든 힘을 쏟아부어 용을 묶는 데 성공한 코코가 땅에 주저앉았다. 그리고 펑덕이와 모몽, 보리가 달려가 안아주며 신이 난 목소리로 외쳤다.

그렇다, 제 아무리 용이라 할지라도 성을 떠받치고 있는 거대한 기둥을 쉽게 무너뜨리지는 못할 것이다. 또 이제 줄에 묶여 하늘로 높이 날아오를 수 없으니 일방적으로 당하지만은 않을 것이다.

자신이 함정에 빠진 것을 안 붉은 용은 미친 듯이 몸부림쳤다. 하지만 불멸의 밧줄에 묶여 날지도 못하고 같은 자리에서만 날뛰고 있었다.

"지금이야, 모두 공격해~!"

핑덕이가 검을 높이 쳐들고 앞으로 달려 나가자 코코, 모몽, 보리도 함께 달렸다. 그리고 킹 스노맨 군대와 킹 스톤 몬스터 무리도 다 같이 용을 향해 돌진했다.

킹 스노맨은 몸을 공중으로 띄우며 용의 얼굴과 날개에 닿자마자 얼어붙는 액체 공격을 집중적으로 퍼부었다. 킹 스톤 몬스터는 땅속 깊이 숨겨져 있던 거대한 바위 덩어리를 끌어올려 공격했다.

하지만 거대한 붉은 용은 불을 뿜으며 길고 두꺼운 꼬리로 공격들을 막아 냈다. 이를 본 자이언트 스노맨들은 힘을 모아 꼬리를 움직이지 못하게 붙잡기 시작했다. 하지만 그 과정에서 많은 자이언트 스노맨들이 부서지고 깨져 버린다.

많은 희생을 치렀지만 자이언트 스노맨들은 용의 꼬리 잡기에 성공한다. 그 모습을 본 크라잉 스노볼들과 해골 병사들이 떼를 지어 용의 꼬리를 타고 몸통 위로 올라가 뒤덮기 시작했다.

목에 밧줄이 걸려 날지 못한 채 꼬리까지 붙잡힌 용은 크게 당황한다.

이를 지켜보고 있던 핑덕이와 친구들은 지금이 기회인 것을 알아차리고는 화살에 수면 가루가 든 주머니를 묶어 날렸다. 하지만 이를 본 용이 재빠르게 불을 뿜자 수면 가루 주머니와 화살이 공중에서 타 버리고 만다. 하지만 당황하지 않고 핑덕이가 다음 작전을 외쳤다. 그리고 모두 재빠르게 용의 머리에 쓰인 작은 왕관을 차지하기 위해 움직였다.

"보리야, 뒤에 우리가 있으니까 걱정하지 마!"

핑덕이가 겁을 먹고 있는 것이 분명한 보리에게 소리 친다.

"응!"

짧은 대답을 한 보리가 능력 아이템과 무기 아이템을 동시에 터치한다.

순간, 보리의 몸이 투명해지고 빛처럼 빠르게 튀어올라 용의 얼굴 쪽으로 향한다.

뭔가 불안감을 느낀 용은 고개를 흔들며 불을 사방으로 뿜었다. 하지만 몸이 보이지 않게 된 보리는 빠른 속도로 튀어 갔다. 가까이 다가올 때마다 신의 거울 방패가 자동으로 나타나 막아 주었다. 그러자 보리는 두려움보다 자신감을 얻어 용의 얼굴 위로 올라 왕관을 입에 물었다.

'됐다!'

보리는 속으로 성공에 기뻐했지만, 1초 만에 당황스러움으로 바뀐다. 왕관이 움직이지 않는다. 너무 무거웠던 것이다. 가벼운 털 공인 보리가 물고 들어 올리기에는 역부족이었다. 하지만 보리는 쉽게 놓지 못하고 왕관을 입에 문 채 매달려 있었다.

자신의 왕관에 누군가가 있다는 것을 눈치챈 붉은 용

이 고개를 사정없이 흔들었고, 얼마 버티지 못하고 보리가 반동에 의해 나가떨어졌다. 이때 보리의 존재를 확인한 붉은 용이 크게 입을 벌려 불을 내뿜자 커다란 불덩이가 보리를 향해 날아갔다.

"안 돼~~~!"

펑덕이가 놀라 보리를 향해 달려가며 능력 아이템과 무기 아이템을 동시에 터치했다. 그리고 높이 솟아올라 그 어떤 것이든 모두 잘라 버리는 태양의 칼로 보리를 향해 떨어진 불덩이를 반으로 갈라 버린다.

"보리야~!"

모두가 땅바닥으로 곤두박질친 보리에게 달려갔다. 정신을 잠시 잃었던 보리가 눈을 뜨자마자 친구들에게 말했다.

"왕관이 너무 무거웠어. 마치 몸에 딱 붙어 있는 것처럼…. 온 힘을 다해봤지만 왕관은…."

보리가 미안한 듯 눈물을 글썽인다.

"네 탓이 아닌데 울긴 왜 우냐?"

"맞아, 보리가 확인해 주지 않았으면 계속 실패했을 거야."

"보리야, 아까 진짜 멋있었어. 마치 악당을 물리치러 날아가는 영웅 같았다니까."

친구들의 위로와 응원에 다시 미소를 찾은 보리. 핑덕이와 친구들은 다시 왕관을 차지하기 위해 작전을 세운다.

"보리 말처럼 무게 때문인지, 아니면 진짜 몸에 붙어 있는 것인지 확인해 보자."

핑덕이의 말에 모두 고개를 끄덕인다.

먼저 모몽이가 무기 아이템 표시를 터치해 다시 활과 화살을 불러냈다. 그리고 용의 머리에 있는 왕관을 향해 화살을 날렸다.

'피융~ 퍽!'

"성공이다! 어?"

정확하게 화살이 꽂힌 용의 작은 왕관. 하지만 화살이 꽂혀 있을 뿐 왕관은 떨어지지 않았다.

"진짜 머리에 붙어 있는 건가?"

날아온 화살에 맞고도 조금의 움직임 없는 왕관. 무게 때문이 아니라, 분명 어떤 힘으로 왕관이 용의 머리에 붙어 있는 것이다.

당황한 핑덕이와 모몽, 코코 그리고 보리. 무게 때문이 아니라면 도대체 어떻게 해야 저 왕관을 머리에서 떼어 낼 수 있을까?

모두가 고민에 빠져 있는 사이, 두 번이나 자신의 왕관을 노렸다는 사실에 용은 크게 분노했다. 그리고 엄청난 힘으로 몸부림을 치기 시작하자, 꼬리를 잡고 있던 자이언트 스노맨들이 사방으로 흩어지며 떨어져 나갔다. 그리고 몸에 붙어 있던 크라잉 스노볼들과 해골 병사들도 뭉텅이로 떨어졌다.

용은 자신의 눈에 보이는 것들 모두 발로 밟아 버렸다. 그리고 끊임없이 불을 내뿜어 자이언트 스노맨들, 그리고 수많은 크라잉 스노볼과 해골 병사 대부분을 부수고, 불에 태우거나 녹여 버렸다.

"얘들아, 붉은 용이 진짜 화난 것 같아."

"진짜 큰일 났다."

"시간이 길어지면 우리가 불리해."

점점 좋지 않은 방향으로 판도가 바뀌고 있는 것을 보고 있는 핑덕이와 친구들.

그때 코코가 결심한 듯 말한다.

"얘들아, 한 번은 더 능력 아이템을 쓸 수 있을 것 같아. 내가 힘을 키워 저 왕관을 떼어내 볼게."

코코의 말에 모두 고개를 끄덕이며,

"그럼 우리가 용의 공격을 막으면서 코코가 머리 위로 올라갈 수 있도록 도와주자."

"그래, 이번이 마지막 기회일 거야. 모두 힘내자!"

"응~ 가자!"

몸부림을 치며 킹 스노맨과 킹 스톤 몬스터의 공격을 받아내는 붉은 용의 눈을 피해 빠르게 용의 몸통으로 뛰어 올라가기 시작한 코코.

뒤늦게 자신의 몸 위로 코코가 올라온 것을 느낀 용이 몸을 일으켜 뒷발을 크게 굴렀다. 그러자 주위 땅이 크게

울리면서 꼬리를 겨우 잡고 있던 자이언트 스노맨 모두
가 나가떨어져 버렸다.

킹 스노맨은 쉬지 않고 대형 고드름과 눈덩이, 그리고
모든 걸 얼려 버리는 액체들을 쏟아부었다. 하지만 용의
몸에 닿자마자 녹아 버리거나 액체에 맞아 얼었던 부위
도 금방 다시 원상태로 돌아왔다.

그리고 자신의 몸에서 분리한 큰 바위로 공격하는 킹
스톤 몬스터 또한 큰 타격을 주지는 못했다. 하지만 이
둘은 붉은 용의 정신을 빼앗기에는 충분했다.

간신히 크게 요동치는 몸에서 버티던 코코가 머리 쪽
으로 기어올랐다. 그때 모몽이가 화살을 쏘아 대며 시선
을 분산시켰다. 그리고 보리도 용의 눈앞에서 몸을 튕기
며 빠르게 사라졌다 나타나기를 반복했다. 그러자 붉은
용은 불덩어리들을 쏟아내 태워 버리려 했다.

하지만 그때마다 핑덕이가 태양의 칼로 불덩어리를 잘
라 버렸다. 그러자 짜증과 분노 때문에 붉은 용은 미쳐
버릴 것 같았다.

친구들이 용의 정신을 빼놓는 사이, 드디어 머리 위로 올라간 코코. 망설임 없이 능력 아이템 표시를 터치하는 그 순간에도 코코의 마음속에는 오직 하나의 소원뿐이었다.

자기를 위해 이 길고 힘든 모험을 해온 친구들 모두 무사히 집으로 돌려보내는 것. 자신의 안전이나 엔젤 아이는 더 이상 중요하지 않았다.

"으아아아~!"

온 힘을 다해 용의 왕관을 들어 올리는 코코, 하지만 꿈쩍하지 않는 왕관.

코코가 다시 한번 힘을 내어 왕관을 용의 머리에서 떼어내려 했다. 그러자 용은 갑자기 자신의 머리를 성벽 기둥에 찧기 시작한다.

'쿵! 쿵! 쿵!'

갑작스러운 용의 돌발 행동에 모두가 놀란다. 그 사이 코코가 중심을 잃고 용의 머리에서 아래로 떨어진다.

왕관을 손에 넣지 못하고 땅바닥으로 떨어진 코코. 이

미 한계에 다다를 만큼 모든 힘을 쓴 코코는 빨리 일어나
지 못한다. 그러자 친구들이 달려가며 외친다.

"코코야, 어서 일어나. 위험해~!"

친구들의 다급한 외침에 몸을 일으켜 보려는 코코. 하
지만 코코의 몸 위로 뜨거운 검은 그림자가 드리워지고
있었다. 결국 코코는 붉은 용이 내뿜은 불에 타서 없어져
버리고 말았다.

"안 돼~. 코코야!"

순식간에 당한 코코. 모두가 놀라 움직이지 못할 때, 용
을 묶어 두고 있었던 불멸의 밧줄이 스르륵 사라져 버린
다. 무기 아이템 주인인 코코와 함께 소멸된 것이다.

자신을 속박하던 불멸의 밧줄이 사라진 것을 확인한
용이 하늘 위로 크게 날아오르며 포효한다.

"큰일이다, 용이 풀려났어….."

코코의 죽음으로 자유를 되찾은 용은 망설임 없이 지
상에 있는 모든 것을 불태워 없애려는 듯 쉴 새 없이 불
을 뿜어대며 엄청난 공격을 시작했다.

"모두 피해~!"

핑덕이의 외침에 모몽과 보리도 불길을 피해 몸을 숨겨 보지만, 이제 피할 곳은 어디에도 없었다.

킹 스노맨의 군대는 불길이 닿자마자 녹아 없어지고, 킹 스톤 몬스터 또한 하늘을 되찾은 붉은 용의 상대로는 한없이 약한 존재였다.

"이제 어떡하지?"

간신히 불을 피해 모인 핑덕이와 모몽, 보리는 이 위기를 어떻게 헤쳐나가야 할지 앞이 캄캄했다.

"아직 킹 스노맨과 킹 스톤 몬스터가 있을 때 뭐라도 해야 해!"

"응… 알지만…."

보리가 코코의 죽음과 갑자기 바뀐 상황에 슬픔과 당황함이 뒤섞여 눈물을 흘린다.

"보리야, 진정해. 우린 게임에서 이길 것이고, 코코도 다시 돌아올 수 있는 방법이 반드시 있을 거야."

핑덕이가 보리를 진정시킨다.

"진짜 그럴까?"

보리가 다시 묻자 옆에 있던 모몽이가 크게 소리친다.

"바보야, 당연한 걸 왜 물어보냐!"

그제야 배시시 웃는 보리를 둘러싸고 마지막 작전을 세우기 시작한다.

"모몽이의 화살에 맞고도, 코코의 힘에도 왕관이 움직이지 않는다는 건 용을 없애야만 그 왕관을 손에 넣을 수 있다는 뜻일 거야."

핑덕이가 조심스럽게 이야기하자, 모몽이는 폭풍의 화살을 다시 소환시키며 "그럼 이번에는 왕관이 아닌 용의 가슴에 화살을 날려 볼게."라고 진지하게 말했다.

핑덕이와 모몽, 그리고 보리는 다시 용 앞에 섰다.

그사이 킹 스노맨과 자이언트 스노맨, 크라잉 스노볼 모두 용의 불길에 녹아서 사라져 버렸다. 그리고 해골 병사 대부분도 모두 새까맣게 타 없어졌다.

킹 스톤 몬스터만이 힘겹게 용과 싸우고 있었지만, 곧 무너질 듯 힘을 모두 쓴 게 한눈에 보였다.

"모몽아~ 부탁해."

"응!"

친구들의 응원에 하늘을 날며 불을 뿜고 있는 붉은 용의 심장을 향해 화살을 날린다.

'피융~~~ 퍽!'

"맞았다!"

"성공이다."

"앗…!"

정확하게 용의 가슴으로 날아든 화살을 보고 기뻐하는 세 친구들. 하지만 붉은 용의 철갑 같은 비늘을 뚫기에는 역부족이었다.

용의 가슴 깊이 박히길 기대하며 모몽이가 날린 폭풍의 화살은 정확하게 가슴을 향해 꽂혔다. 하지만 작은 생채기만 내었을 뿐, 어떤 타격도 주지 못했다. 그리고 킹스톤 몬스터에게 정신을 쏟던 용의 시선을 다시 자신들에게 돌리게 했다.

"이런 장난감 같은 것으로 이 위대한 붉은 용을 상대하려 했다니…. 큭큭큭!"

용은 혼잣말로 중얼거리며 뭐가 그리 좋은지 계속 웃었다. 그리고 힘이 다 빠진 킹 스톤 몬스터를 커다란 발로 밟아 부숴 버리고는 핑덕이와 모몽, 보리에게 날아오기 시작한다.

"이렇게 된 거 더 이상 피할 수 없어. 얘들아, 맞서 싸우자!"

핑덕이가 먼저 소리치자 보리가 앞으로 튀어 가며 말했다.

"내 방패가 지켜줄 거야. 다들 내 뒤에 붙어!"

보리의 말처럼 용의 불은 신의 거울 방패를 뚫지는 못했다. 그래서 핑덕이와 모몽이는 보리 뒤에서 용의 공격으로부터 보호받으며 앞으로 조금씩 나아갔다.

"온몸이 갑옷처럼 단단해서 화살이 들어가지 못하는 것이라면 눈을 노려보자!"

핑덕이의 외침에 모몽이는 고개를 끄덕이며 이제 두 개밖에 남지 않은 화살 중 하나 빼들었다. 그리고 있는

힘을 다해 활을 당긴다.

그렇게 화살은 모두의 희망을 가지고 공중에 떠 있는 용의 얼굴로 빠르게 날아갔다. 하지만 용은 자신을 향해 날아오는 화살을 날개로 막았고, 그대로 날개에 박혔다. 그러나 여전히 큰 타격을 주진 못했다.

용은 한참을 웃다가 표정을 바꾸고는 빠르게 핑덕이와 모몽, 보리에게로 날아들었다.

"모두 도망가~."

핑덩이와 모몽, 보리는 깜짝 놀라 도망치기 시작했다. 붉은 용은 자신에게 화살을 쏜 모몽을 향해 커다란 불덩어리를 쏟아냈다.

"모몽아~ 위험해!"

보리가 능력 아이템을 발현시켜 빠르게 모몽이가 있는 쪽으로 튀어가 방패를 꺼내 들었다.

'화르르르륵~!'

가까스로 용의 불길을 막았지만, 불덩어리의 위력은 강력해 방패 바로 뒤에 있던 보리가 멀리 튕겨 나가 버렸다.

이를 본 용이 가까이 있던 바윗덩어리를 공깃돌 던지듯 보리에게 날렸고, 그대로 바위밑에 깔려 보리가 소멸해 버린다.

"보리야~!"

자신을 구하려다 당한 보리를 보고 모몽이가 놀란다. 그러다 눈물을 쏟으며 용을 향해 달려갔다. 그리고 마지막 화살을 온 힘을 다해 당겨 쏜다.

"모몽아, 너무 가까워. 위험해~!"

핑덕이가 용에게 바짝 다가간 모몽이를 말리려 했다. 하지만 이미 모몽이는 용의 바로 아래에서 화살을 날렸고, 그 화살은 정확하게 왼쪽 눈을 맞추는 데 성공했다.

"크아아아악~!"

눈에 박힌 화살로 엄청난 고통을 느낀 용이 하늘 위로 날아오르며 괴로워한다.

"모몽아, 지금이야! 어서 몸을 피해!"

모몽에게 있는 힘껏 소리친 핑덕이.

핑덕이의 소리를 듣고 모몽이는 곧바로 몸을 돌려 달

아나기 시작한다. 하지만 붉은 용은 생전 처음으로 느껴 보는 엄청난 고통을 안겨준 모몽이를 향해 화염을 쏟아 냈다. 그리고 용의 화염을 피하지 못한 모몽이도 순식간 에 새까맣게 타 소멸되어 버렸다.

"안 돼~. 모몽아!"

눈앞에서 친구들이 서로를 구하려다 소멸된 모습을 본 핑덕이는 지금까지 느껴보지 못했던 분노가 느껴졌다.

3단계와 4단계에서도 친구들을 잠시 잃었었지만, 눈 앞에 아이템 가게가 있었기에 절망보다는 희망적이었 다. 하지만 지금은 상황이 달랐다. 홀로 남은 핑덕이는 혼란 그 자체였다.

핑덕이는 고통과 자신이 공격당했다는 믿을 수 없는 현실에 미쳐 날뛰는 붉은 용을 바라보았다. 그러다 홀리 듯 무기 아이템 표시를 터치해 태양의 칼을 손에 들고 곧 바로 능력 아이템도 실현시켰다. 그리고는 붉은 용을 향 해 달려들었다.

이제 더 이상 물러설 곳이 없다.

친구들도 모두 잃었다. 어쩌면 두 번 다시 볼 수 없을 지도 모른다.

용을 향해 달려가는 핑덕이는 눈물도 나지 않았다. 그냥 악몽 같은 지금 이 상황이 빨리 끝나기만을 바라고 있을 뿐이다.

"으아아아~~!"

핑덕이가 능력 아이템으로 마치 로켓이 쏘아지듯이 하늘 위로 높이, 아주 높이 날아오른다.

그리고 여전히 날뛰고 있는 용 위에서 엄청난 속도로 하강하기 시작한다. 그리고 태양의 칼을 힘껏 들어 올리자, 짧았던 칼날이 빛을 내며 순식간에 길고 커지면서 거대한 용의 목을 단숨에 잘라 버린다.

그러자 절대로 용의 머리에서 떨어지지 않을 것 같았던 작은 왕관이 데구루루 소리를 내며 땅바닥으로 굴러떨어졌다. 그 모습을 본 핑덕이는 얼른 달려가 왕관을 두 손으로 집어 들었다.

그러자 목이 잘린 용과 함께 주위에 모든 풍경이 사라

지면서 하얀색의 크고 작은 사각형 모양의 블록들이 쌓아 올려졌다. 또한 동시에 1단계 섬부터 5단계 섬까지 모든 게임 배경이 처음부터 다시 설정되기 시작한다.

그리고 공중에서는 페리쿨룸 최초의 우승자를 알리는 팡파르 소리가 들렸다. 그러자 그동안 만났던 아이템 가게 주인들이 나타나 핑덕이를 둘러싸며 용을 물리치고 게임의 우승자가 된 것을 축하한다.

"최초의 페리쿨룸 게임의 승리자 핑덕이 님, 축하드립니다."

"정말 대단하세요~."

"이제 수많은 게이머 모두가 당신의 이름을 듣게 되고, 기억하게 될 것입니다."

"자, 승리자의 왕관을 씌워 드릴 테니 이쪽으로 와 주세요."

아이템 가게 주인들은 모두 기뻐하며 핑덕이에게 환호를 보내기에 바빴다. 하지만 정작 핑덕이는 아무 표정 없이 이들을 바라보고만 있었다.

"감사합니다. 그런데 저는 게임의 승리자라는 타이틀
보다 제 친구들을 되찾고 싶어요. 모두 힘을 합쳐 이곳까
지 올 수 있었으니까요. 제 친구들을 돌려 주세요."

펑덕이의 말에 아이템 가게 주인들은 모두 말이 없어
졌다. 그러다 4단계 섬 아이템 가게 주인이었던 리멘이
설명하기 시작한다.

"펑덕이 씨, 이 게임은 팀이 아닌 개인 승자를 뽑는 게
룰입니다. 그리고 처음 안내해 드린 것처럼 이곳에서는
재생이 없습니다. 대신 승자의 모든 영광과 명성, 엄청
난 황금을 혼자 차지할 수 있으니 너무 아쉬워하지 마시
길 바랍니다."

아주 차가운 목소리로 리멘이 말을 하자마자 펑덕이가
화가 난 목소리로 크게 소리친다.

"소중한 친구들과 맞바꿔 받는 영광이나 명성, 돈 따위
가 무슨 소용이 있어요? 아무것도 필요 없고, 나는 내 친
구들을 되찾고 싶다고요! 그리고 분명 우승 혜택 중 하
나로 소원권이 있었던 걸 기억해요. 아닌가요?"

핑덕이의 물음에 3단계 섬에 있던 루나가 옅은 미소를 지으며 말한다.

"맞습니다. 소원권이 있어요. 하지만 앞서 말했듯이 이 게임은 한 사람의 우승자를 뽑는 룰이 있습니다. 최후의 승자가 나온 상황에서 그 소원권으로 친구들을 재생시키면 핑덕이 씨는 우승자 타이틀과 혜택 모두가 사라집니다. 이 모든 난관을 뚫고 최초의 우승자가 되셨는데 아깝지 않을까요?"

"아니요, 전혀 아깝지 않아요. 모두 필요 없으니까 제 친구들을 돌려 주세요."

루나의 말이 끝나기도 전에 핑덕이가 소리친다.

핑덕이의 말에 아이템 가게 주인들은 잠시 핑덕이를 바라보고만 있었다. 그러다 4단계 섬 아이템 가게 주인인 리멘이 지금까지 보지 못한 환한 미소를 보이며 즐거운 듯 말한다.

"잘 알겠습니다! 우승자의 소원이라면 들어드려야죠~."

그러면서 다시 한번 진지한 목소리로 물었다.

"핑덕이 씨, 소원권을 다른 곳에 쓰셔도 됩니다. 더 많은 황금이나 땅 등을 원하셔도 되고요. 한 섬을 지배하면서 그곳으로 오는 게이머를 상대하며 지낼 수도 있고, 더 높은 능력과 무기들을 가질 수도 있습니다. 정말 이런 걸 원하지 않나요?"

"네, 필요 없어요. 저는 친구들을 만나고 싶어요."

핑덕이의 단호한 대답에,

"좋습니다. 그럼 게임섬 페리쿨룸의 최초 우승자는 아직 나오지 않은 것입니다. 후후후~. 자, 그럼 친구들을 돌려 드리지요~."

그리고 모든 아이템 가게 주인이 모여 손을 모으자 작은 빛이 나기 시작했다. 그러더니 곧바로 거센 바람이 불어와 핑덕이를 하늘 높이 날려 보냈다.

"으아아아~~."

갑작스러운 상황에 놀란 핑덕이. 하지만 바람은 어느덧 부드럽고 시원한 솔바람으로 변해 1단계 섬 입구의 풀밭 위에 핑덕이를 내려 놓았다. 그러자 곧바로 코코와 모몽, 보리도 바람을 타고 풀밭 위에 나타났다.

"얘들아~!"

"핑덕아~!"

서로를 확인한 친구들이 한 곳으로 뛰어와 부둥켜안는다.

"뭐야, 어떻게 된 거야. 용은? 용은 어디에 있어?"

"설마 우리 모두 용한테 당해서 게임 속 소품이 된 건 아니지?"

친구들의 물음에 눈물 가득한 핑덕이가 고개를 가로저으면서 모몽이가 소멸된 다음부터 지금까지 있었던 일을 천천히 설명했다. 핑덕이의 이야기가 끝나자 모두 눈물을 흘리면서 고개를 끄덕인다.

아마 누구든 핑덕이의 입장이 되었어도 같은 선택을 했을 것이다. 그 사실을 모두 알기에 스스로와 친구들이 너무나 자랑스러웠다.

한참을 울며 서로를 끌어안고 있던 핑덕이와 친구들은 집으로 돌아가기 위해 자리에서 일어났다.

그러다 갑자기 생각난 듯 보리가 코코를 향해 소리친다.

"코코야, 엔젤 아이는?"

엔젤 아이를 얻어 털 속에 보관했던 코코.

보리의 말에 얼른 품을 뒤져 열매를 찾았다. 하지만 열매는 이미 사라지고 없었다.

순간 모두가 실망했지만 정작 코코는 밝게 웃으며,

"괜찮아. 사실 이제 이 모습이 더 익숙하고 편해졌어. 그리고 변한 지 오래되어서 엔젤 아이를 먹는다 해도 안 돌아올지도 모르고…."

코코는 어깨를 한번 으쓱이며 아무렇지 않다는 듯 덤덤하게 친구들을 바라보며 말한다.

분명 실망했을 코코, 하지만 친구들도 코코의 마음이 어떤지 알 것 같아 모두 웃으며 한마디씩 했다.

"맞아~. 사실 나는 토끼였을 때 코코도 좋지만 지금 코코가 더 좋은 것 같아~."

"맞아, 맞아~. 힘도 세고 달리기도 엄청 빠르잖아!"

"거기다 똑똑한 건 그대로니까 정말 땡잡은 거지~."

"맞네~. 와하하하!"

코코는 친구들과 크게 웃는다.

그렇게 처음 게임섬을 향해 왔던 길을 되돌아 오랜만에 집으로 돌아온 핑덕이와 친구들.

핑덕이는 자리를 비운 동안 손볼 곳이 많아진 집을 고치느라 바빴다.

보리는 커다란 꽃 속으로 들어가 며칠 동안 쿨쿨 잠만 잤다.

모몽이는 돌아온 다음 날부터 그동안의 일들을 온 동네를 돌아다니면서 자랑하느라 정신이 없었다.

코코는 자신이 하던 식물 연구를 계속하면서 조용히 지냈다.

그리고 찾아온 보리의 생일. 모두 작은 선물 꾸러미를 들고 보리의 집에 모여 축하한다.

그러다 모몽이 심통 가득한 얼굴로 말했다.

"쳇, 아무도 내 말을 믿지 않는 거 있지? 페리쿨룸 5단계 섬까지 갔다는 것도, 진짜 붉은 용을 상대로 싸운 것도 다 내 허풍이라고 생각해."

"당연하지~. 악명 높은 페리쿨룸 섬의 모든 단계를 성공했다는 말을 누가 쉽게 믿어 주겠어? 증거라도 있으면 모를까~."

보리는 잘 익은 사과를 먹으면서 모몽에게 얘기한다.

"그러니까… 용 비늘이라도…. 아니, 아우라 스톤이라도 갖고 있어야 하는 건데…."

소원권을 이용해 친구들을 모두 되찾자, 그동안 가지고 있었던 아우라 스톤이나 번쩍번쩍 도형카드, 3단계와 4단계 소환카드는 물론, 몸에 새겨져 있던 능력 아이템과 무기 아이템 표시까지 모두 사라지고 없었다.

"아무도 안 믿어도 상관없어. 우린 이미 승자이고, 나 자신과 우리가 그 사실을 알고 있으니까."

코코가 모몽이를 위로하듯 한마디 하자, 핑덕이도 웃

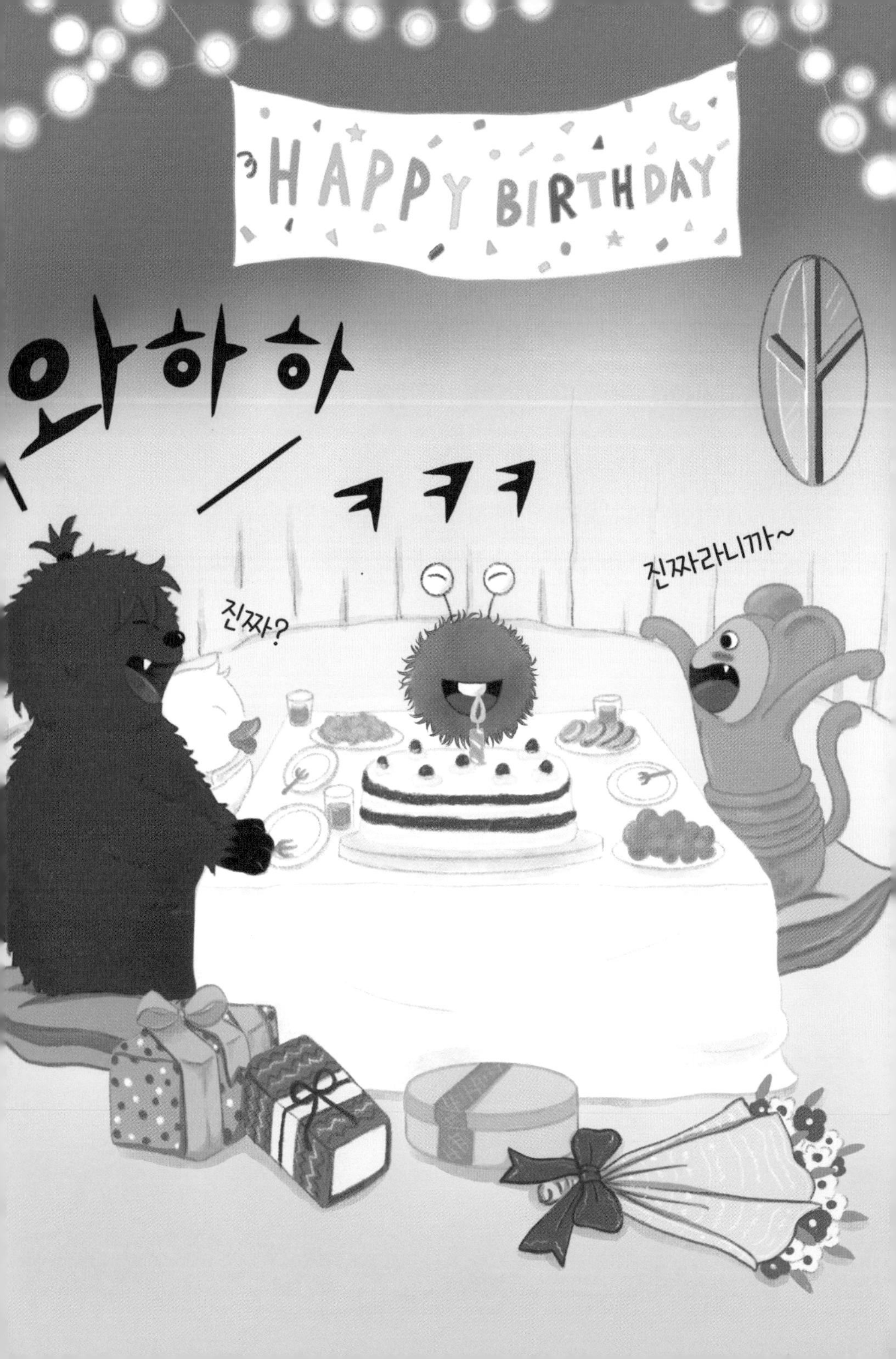
HAPPY BIRTHDAY
와하하
ㅋㅋㅋ
진짜?
진짜라니까~

으며 거든다.

"맞아, 우리 스스로 잘 알고 있잖아. 그동안의 모험, 그 안에서의 위험과 위기를 서로 힘을 합쳐 이겨냈어. 그리고 아무도 잃지 않고 집으로 돌아온 우리는 이미 과거의 우리가 아니야."

"맞아, 우린 진짜 대단한 꼬마들이지~."

보리가 잘난 체하며 말하자, 모두가 크게 웃음을 터트린다.

/// 김연주 ///

매일매일 하늘을 올려다보며 수많은 상상을 하던 아이가 자라서
이야기를 그려내는 일을 하고 있습니다.
오랜 친구처럼, 다정한 이웃처럼 삶을 함께하는 글과 그림을 위해
오늘도 열심히 하늘을 바라보고 있습니다.
《빨간모자 요정 이야기I》,《우리 오빠는 바보 히어로》,《내 동생은 얄미운 지니어스》,
《쟤는 누구야?》,《게임섬 페리쿨룸 시리즈》를 쓰고 그렸습니다.

게임섬 페리쿨룸 5
붉은 용과의 대결

초판 1쇄 발행 2024년 11월 30일

지은이 김연주   펴낸이 이지은   펴낸곳 팜파스

진행 이진아   편집 정은아   디자인 박진희   마케팅 김민경, 김서희

출판등록 2002년 12월 30일 제10-2536호

주소 서울시 마포구 어울마당로5길 18 팜파스빌딩 2층

대표전화 02-335-3681   팩스 02-335-3743

홈페이지 www.pampasbook.com | blog.naver.com/pampasbook

인스타그램 www.instagram.com/pampas_school

이메일 pampasbook@naver.com

값 14,000원

ISBN 979-11-7026-669-3 (74810)

ISBN 979-11-7026-577-1 (74810) 세트